开普勒叔叔的天体观测学校

[韩] 申智英 著 | [韩] 郑仁荷 绘 | [韩] 朴相宇 审定 | 辛悦 译

中信出版集团 | 北京

图书在版编目（CIP）数据

开普勒叔叔的天体观测学校 / （韩）申智英著 ；
（韩）郑仁荷绘 ；辛悦译 . -- 北京 ：中信出版社，
2021.9（2021.10重印）
ISBN 978-7-5217-3394-5

Ⅰ. ①开… Ⅱ. ①申… ②郑… ③辛… Ⅲ. ①儿童故
事—韩国—现代 Ⅳ. ① I312.685

中国版本图书馆 CIP 数据核字（2021）第 148647 号

开普勒叔叔的天体观测学校

著　　者：[韩] 申智英
绘　　者：[韩] 郑仁荷
译　　者：辛悦
出版发行：中信出版集团股份有限公司
（北京市朝阳区惠新东街甲 4 号富盛大厦 2 座　邮编　100029）
承 印 者：天津联城印刷有限公司

开　　本：880mm × 1230mm　1/32　　印　　张：4　　字　　数：61 千字
版　　次：2021 年 9 月第 1 版　　印　　次：2021 年 10 月第 3 次印刷
京权图字：01-2021-2619
书　　号：ISBN 978-7-5217-3394-5
定　　价：25.00 元

作者的话

心怀梦想并付出努力，肯定有收获

大家看到天空会想到什么呢？我常常会觉得像梦一样。天空似乎只要抬起头就能看见并且触手可及，但实际上却并非如此。梦想也是这样。每天思考并付出努力，似乎就能实现梦想，但实际上却没有那么容易。

开普勒为了实现自己的梦想，寻访名师，搜集资料，制订计划，在这一过程中他发现自己一直以来努力设立的假说居然是错误的。换作是他人，定会备感受挫，但开普勒却改变自己的想法，选择重新开始。最后他终于发现了行星运动的基本定律。

如此看来，好像没有什么事情是不可能的。即使看上去不太可能，但总有一天会出现开普勒们将其实现，就如同心怀梦想并为之前行的各位读者们。

申智英

目 录

小谜题：

怎样给星星起名字？

那颗星是我的星星

·星星由字母和数字命名，包含许多信息·

太阳当空照，阳光洒满整个房间。欣妍穿好衣服，背着书包气喘吁吁地向学校跑去。昨天是难得万里无云的晴朗夜晚，欣妍深夜仍坐在前院里寻找星座，很晚才入睡。和周围的朋友不太一样，欣妍的爱好是每天仰望夜空观察星星。不同于繁忙变幻的都市，生活在一个风景几乎没有什么变化的小村庄里，能随时看到的是斗转星移的夜空。

着急的欣妍穿过狭窄的田埂，进入大路，发现宇辰和智秀并肩走在前面。

"智秀，我们一起走吧！"

听到背后传来的声音，智秀转过身，看见欣妍像干了很多活儿的黄牛一样哼哧哼哧一路跑来。

“哎呀！姐姐，你昨晚又看星星所以睡过头了吧！你的刘海儿全乱了！天空每天看都是一样的，你到底为什么那么着迷呀？”智秀噘起小嘴，表示无法理解。

欣妍一边用手拢好乱了的刘海儿一边自言自语：“秋天的夜空多美啊！英仙座、飞马座、仙女座，这些星座只有秋天才能看到，我怎么能错过呢！只是睡过头而已，没什么大不了的！”

虽然是抱怨的口气，但只是叫出星座的名字心情也会变好，不知不觉间欣妍的嘴角绽开了笑容，但听完宇辰的话后笑容很快又消失不见。

“说的也是，我们这里的捣蛋鬼李欣妍起码看了天空中如沙般分布的群星，也算是个有事可干的人！”

被人揶揄了一下，欣妍立刻火冒三丈。

“喂！李宇辰！你学习有那么好吗？装什么装？虽然

现在我一事无成，但你等着瞧吧！”

“等着瞧什么？”对于欣妍说的“等着瞧”，宇辰扑哧一笑问道。

“我告诉你我马上就会发现新的星星！”

“发现了又怎么样？”

“你学习那么好还不知道这个？如果发现了新的星星，它就会以第一个发现它的人的名字命名。所以如果我发现了新的星星，那么那颗星星就是我的了，也就是说它会被叫作欣妍星。然后你们每天晚上看星星的时候，就会叫出我了不起的大名。到时候你们就得称我为尊敬的欣妍！否则你们就看不到我的星星啦！哈哈哈！”说完话后的欣妍仿佛自己真的发现了星星一样，两手叉在腰间，仰头大笑。

宇辰在一旁叹了口气，摇了摇头，说：“你怎么会是星星的主人？别痴心妄想啦！你还能等到那一天？”

“哼！我不需要你操心！等着瞧，我马上就会发现！”

两人争吵不休，一直没开口的智秀终于发话了：“因为不懂事的哥哥姐姐，感觉我真的要变老了！变老！”

就在这时，不远处有一位外国人模样的叔叔向三个孩子走来。孩子们觉得很新奇，全都望向他。

没有我的允许
你不准看这颗
星星！
我才
不想看。

“你们怎么不去上学，跑到路上吵架呀？”

孩子们被眼前这位胡须很长，还向他们主动搭话的叔叔吓了一跳。但看到他边说边笑，很快就不害怕了，像机枪一样突突突地说出各自的回答。

“叔叔，她刚刚吹牛说，如果自己发现了星星，她就是星星的主人！”

“本来就是这样！给星星命名的人就是主人！我们家狗狗的名字就是我取的，所以我是主人！叔叔，我说得对吧？”

宇辰和欣妍相互不服输，向叔叔倾诉。大概觉得他们很可爱，叔叔的嘴角泛起微笑。

“你们啊！没必要吵成这样！”

“为什么？”

“因为你们俩的话都有说得对和不对的地方。”

“啊？”

宇辰和欣妍满脸好奇地望着叔叔，想知道哪里说得对和不对。

叔叔再次接话道：“如果发现星星的话，以发现的人的名字命名，这是对的。但是要遵循严格的规则。”

“什么规则呢？”

“如果发现了新的星星，首先要向聚集世界天文学家的团体——国际天文学联合会（IAU）报告。在那里举办会议讨论，如果被认定为首次发现的星星或者是对星星的重大科学事实发现，那时发现的人就可以随意给星星取名。”

“看吧！如果发现了星星，就可以像是自己的东西一样，我可以给它取名字！”

听完叔叔的话后，欣妍扬扬得意，宇辰低下了头。

“但这也不是全部，事实上最近发现的星星大部分是以字母和数字混合命名，而不是人名。”

“为什么呀？用自己的名字命名不好吗？”听到星星大部分是以字母和数字混合命名，而不是人名，欣妍一脸困惑地问道。

“如果你发现了星星会取什么名字呀？”

“我叫李欣妍，那么就是欣妍星！”

“没错，是欣妍星，名字真好听！但我们再一起想想看，看见这颗星星的人听到欣妍星这个名字时会最先想到什么呢？”

“我的名字！”

“没错，肯定最先是想到你的名字，那接下来又是什么呢？”

叔叔继续提问，但欣妍却答不上来。

看着欣妍满脸犹豫，叔叔笑着说道：“**这就是星星大部分是以字母和数字混合命名，而不以人名命名的理由呀！如果使用字母和数字命名，就可以知道各种各样的信息，比如这颗星星的亮度、位置以及被发现的顺序。**这样一来，研究星星的人只要一听名字，就能知道这颗星星属于哪种种类等信息了。”

但欣妍无法完全认同叔叔的话。

“为什么我发现的星星要告诉别人这么多信息呢？”

“因为星星并不是你一个人的而是大家的呀！从很久以前开始，人类就一直观察夜晚的星空，预测对农业活动造成影响的季节变化以及潮涨潮落，可以说天文学的历史也是人类的历史。”

听完叔叔的话后，欣妍这才明白，点了点头。知道发现了星星也不能完全属于自己，她有点儿闷闷不乐。

“哎哟！你这个贪心鬼！听了叔叔的话还在想给星星取自己的名字啊！”宇辰开玩笑道。

欣妍听完提高嗓门：“拜托！李宇辰，你自己不也是

天文学的历史
=人类的历史

不懂，还在这儿装什么装？”

“我哪儿不懂了？”

就算叔叔在旁边，暂时安静的两人又开始吵起来。智秀十分无语，看着他俩开口说了一句：“哎哟！就算不懂事也不至于这样吧！”

孩子们吵个不停，叔叔微笑地劝道：“孩子们！停下吧！”

“不，您还是别拦着我们了。今天不管发生什么事，我都要好好教训一下他！”

“哼！谁在说大话？”

即使叔叔劝阻，欣妍和宇辰依旧不消停。

“你们现在是不是要去哪里？我看看……时间好像也不早了呢。”

“啊！没错！”

欣妍和宇辰两人仿佛永远都不会结束的吵闹突然停止。现在应该做的事情不是在路上吵架而是赶快去学校。意识到差点儿就要迟到的欣妍和宇辰想赶紧跑向学校。欣妍刚要追着宇辰跑，突然心生好奇又望向叔叔。

“叔叔您究竟是谁啊？”

“我吗？”

“难道这里除了您还有其他人吗？”

听到欣妍的话，叔叔有点儿害羞似的，捋了捋自己的长胡须答道："我叫开普勒，和你一样，非常喜欢观测星星。"

"真的吗？"

听见叔叔说他喜欢观测星星，欣妍开心得像只受惊的小兔子向上直蹦跶。这是第一次在村子这个小地方遇见和自己兴趣相同的人，再加上刚刚叔叔告诉自己如何给星星命名，他肯定是个很懂星星的人。

"可是叔叔，我好像是第一次见您，您住在哪儿呀？如果我还想再见您，有什么方法吗？我现在特别急，您能快点儿告诉我吗？"欣妍不停地跺脚催促道。

不远处的宇辰和智秀正向她招手要她快点儿过去。见到眼前的情况，叔叔一脸开玩笑似的，啧啧说道："我看你还是快点儿走吧！如果没有什么特别的事，我不会来村子里，所以应该很难再见面。我住在那个山顶的果园里，如果想见我的话随时欢迎你来，和朋友们一起来也行。"

"好的，我知道啦！您一定不能忘记自己说过的话哟！"

听叔叔说完话后，欣妍的腿宛如上了发条，飞快地奔向宇辰和智秀。

小谜题：

一圈是 360 度，地球每天自转一圈，那么每小时地球转了多少度？

陷入危机的学校

·星星从东向西每小时移动15度·

“啊，啊。测试麦克风，测试麦克风，大家都能听清吗？这个麦克风，就算拿到古董市场上去卖估计都没有人要。”

“哎呀，村长你就安静一点儿吧！就算是古董麦克风，你有什么要四处宣传的事情吗？看来麦克风也认生啊，如果我用就好好的。我来试试看！”

麦克风刺啦作响，青年会长和村长的拌嘴声传来后，扩音器就关闭了。正在吃早饭的欣妍听到对话后笑得喷出了饭。

“你这孩子真是的！怎么吃饭都能喷出来？你看看宇辰，学习成绩又好人又聪明，你好好学学人家！”

“什么嘛！因为太好笑我才喷饭的。妈妈你有时候也这样啊！还有干吗突然拿我和宇辰比？我比宇辰优秀多了好吧！”

看着欣妍顶嘴，妈妈叹了一口气。

“看看你这脾气。行了，我知道了，你还是快点儿吃完饭去上学吧，现在有点儿晚了。”

忙着和妈妈顶嘴，不知不觉时间飞逝。吃完饭的欣妍赶紧奔向学校。

到学校后，欣妍发现宇辰和智秀早就坐在了座位上。和一路飞奔气喘吁吁的欣妍相比，二人看起来十分悠闲。

“你现在才来？啧啧！差点儿就要迟到了吧！”

宇辰只是想和欣妍开玩笑，但欣妍一想到早上妈妈拿她和宇辰做比较，就不想理他。看见欣妍没反应，宇辰顿时觉得没意思，转头拿起一本书看。

上课铃声响起，班主任走了进来。老师的面孔看起来和平时大不一样。如果是以前，老师会大声打招呼，开心地给大家讲笑话，但现在的表情却完全不同。老师的脸色看起来过于阴沉，孩子们都不敢张口，只是望着老师。

老师也沉默地依次看了看宇辰、欣妍和智秀，然后才慢慢开口发言：“同学们，今天上课之前我有话要对你们说。”

“老师，您要说什么呢？”大家齐声问道。

老师望了一眼脸上写满好奇的孩子们，长长地舒了一口气，说出令人震惊的消息：“我们学校要关闭了。”

“关闭？”大家异口同声，全都是一副不知道怎么办的表情。

“那我们怎么办呢？”智秀举手问老师。

“到今年为止，我们还可以像现在一样正常上课，但从明年开始，你们就要去市内的小学上学了。”

孩子们的脸色此刻看起来比老师的还要难看。

“我想在我们学校毕业，我不想和老师分开。”欣妍看着老师，感觉马上就要哭出来了。

“老师也和欣妍想的一样。这里很适合人们生活，但又能怎样呢？教育局是这样规定的，我也没有办法。”

老师带着悲伤的表情开始上课，孩子们虽然打开了课本，但都学不进去。

去年学校的学生还有十一人，但去年六年级的三名学

生毕业后，学校只剩下八名学生。老师一共有三个人，所以分成三个班级上课。上五年级的欣妍和宇辰是学校里年级最高的姐姐和哥哥。智秀在上四年级，但也在五年级的教室里一起上课，其他低年级的学生在别的地方上课。全校同学一起上课的日子也非常多。美术、体育、音乐课都是在一个教室里面上课。

欣妍和宇辰两个人只要待在一起就会吵架，但他们却是学校里年纪最大的孩子，一直照顾着弟弟妹妹，学校的孩子们都宛如一家人。夏天到了，孩子们就和老师一起去小溪边抓鲦鱼，冬天到了，就到山顶上坐雪橇。虽然不像城里那样，能和很多同学在一起，但他们可以在蓝天下尽情奔跑，在绿色的草坪上欢乐嬉戏，不按年级分班也没有任何问题。

上完课后背着书包回家的孩子们脸色比早上更加难看。

“到底是什么意思啊？学校居然要关闭？真是不像话！”

看着不停摇头的欣妍，宇辰叹了一口气。

“据说去年就打算要关闭了。那时候人数还超过十个人，可以再坚持一阵儿，但现在只剩下八个人，估计快了。”

“那你怎么不告诉我？原来就你一个人知道？”

“没错，这次你说对了。可是你一直都只关心星星，什么时候对学校的事情上过心？”

没想到宇辰的态度会是这样，欣妍吓了一跳。

“什么？你说什么？我怎么了？”

“所以你就和之前一样，也不用管学校和村子里的事情，只干你自己想干的事情吧！”

“哥哥姐姐，你们又在吵架啦？那我先回家好了。”

宇辰说完话后，便丢下欣妍跑向了别处。闷闷不乐的智秀也直接回家了。一阵寒风吹过欣妍的后背，空荡荡的道路上只剩下她一个人。欣妍讨厌宇辰，他居然认为自己不关心学校和村里，他明明不了解自己，还对自己发火。

“我做错了什么？就知道怪我！平时我一直忍着你，还真把我当木头人啦？真讨厌！智秀也好坏，我对她那么好，她居然都不站在我这边。”

欣妍心里说着宇辰和智秀的坏话，但还是不解气。在高沙村，除了他们两个，欣妍没有其他玩伴。突然欣妍的脑海里出现了一个人。

“对了，昨天我见过开普勒叔叔！反正也无处可去，叔叔家的果园在山上，不如就去那儿看看，聊一聊星星吧！”

"没错！"欣妍说完便向果园所在的高沙山走去。爬到山顶后，因为身上出汗，风一吹就觉得很凉爽。开普勒叔叔的果园终于出现在了眼前，绿油油的树叶之间挂满了红通通的苹果。

"哇！这些苹果真的好大呀！"

欣妍咽了咽口水，看着诱人的苹果。在阳光的照耀下，越往里走，苹果看起来就越有光泽。欣妍一门心思全都集中在苹果上，把来找开普勒叔叔的事抛到了九霄云外。这时背后突然传来一声咳嗽声，受到惊吓的欣妍回头一看，发现开普勒叔叔戴着一顶草帽正望着自己。

"啊，叔叔。我没有摘苹果！因为苹果看起来太好吃了，我就盯着看了好一会儿。没有得到你的允许就跑进来，真是对不起！"

欣妍内心十分慌张，说话吞吞吐吐，急忙低头认错。

"在苹果园里面道歉，看来你对苹果还是了解一点儿的嘛。[1]搬到这儿后，还是第一次有附近的孩子来我的

① 韩国语里苹果和道歉是同一个词。——译者注

果园参观，我欢迎都还来不及呢。”

开普勒叔叔带着亲切的笑容答道，欣妍这才放下心来。开普勒叔叔摘下草帽，一边用扇子给自己扇风一边看着欣妍。

“最近是苹果大丰收时节，要干的活儿也越来越多了。对了，你好好看苹果了吗？”

“嗯，苹果看起来特别好吃！”欣妍笑着竖起大拇指。

“谢谢。我不能免费听你夸，所以准备送给你一些苹果。”

听到开普勒叔叔的话，欣妍开心地欢呼起来。开普勒叔叔带着欣妍四处参观，然后摘了一些苹果装在一个大袋子里。

“叔叔你是怎么把苹果种得这么好的啊？爸爸说在我们村开果园就像摘天上的星星一样难，您是有什么秘诀吗？”

欣妍歪着脑袋，掏出苹果，觉得非常神奇。

“这不难，只要你坚持投入感情，每天都观察苹果，然后好好培育就行了。”

“但并不是努力就一定会成功啊。实际上我之前的梦想是发现新的星星然后用我的名字命名。但听完您的话后我稍微变了一下梦想。就算每天都投入感情观察夜空里的星星，可现在天空到处都是别人已经发现了的星星。我是没那么好运了。”

看见欣妍闷闷不乐地自言自语，开普勒叔叔摇了摇头。

“想要有新的发现只凭感情是不够的。要想种出好苹果，就要了解苹果每天的状态以及和之前的情况是否有不同，另外还要创造适合苹果生长的环境。你观察喜欢的星星也是一样的道理，只凭坚持观察是远远不够的。”

“那还需要什么呢？”

“观察日记。”

“日记？”

“没错！是日记。在常人看来，夜空好像是静止不动的，但实际上每时每刻它们都在移动变换。”

“真的吗？它们是怎么移动的呢？”

“地球每天自西向东自转一圈，因此夜空中的星座和星星看起来是每小时移动 15 度。同时地球一年绕太阳呈椭圆形公转一圈，因此夜空中的星座和星星看起来是每天从东向西移动大约 1 度。”

“啊！我之前都不了解这些，就是觉得星星好看才看它们的。”

“所以如果想要观察星星的移动或新的星星，就要像写日记一样坚持记录，每天要在固定的时间内记录星星如何移动，以及是否出现了平时看不见的现象。这样如果出现了新的星星，你才不会错过。科学也是如此，仅凭瞬间的幸运而得出重大发现是不可能的。所谓幸运，是一份专门留给做好准备的人的礼物。”

认真听着的欣妍灿烂一笑。

“没错！我总是非常茫然地望着天空，但对星星移动的规则一无所知。从今天开始我要研究星星并写观察日记。我肯定会发现新的星星的！”

开普勒叔叔看着握紧拳头的欣妍笑着说道："没错，梦想就是让你每天都努力的动力。未来你一定会发现新的星星！"

"可是话说回来，叔叔，您怎么懂这么多啊？"

"我原来就是一名研究星星运动的天文学家，我来这儿啊，是为了更好地观察星星。"

聊了许久，不知不觉间夜幕降临。欣妍望着天空发出感叹："哇！村子里就很适合看星星，没想到在果园的山坡上看，感觉自己离星星更近一步了。"

"对啊，这就是我搬到这里的原因。"

"叔叔，我偶尔来这里也行吧？"

"当然啦。你是村长之外第一个来这儿的人，我才应该和你说一声谢谢。欢迎你以后常来玩！"

"好的！我会投入感情经常过来的！"

叔叔听到这话捧腹大笑。欣妍手提着苹果袋子晃来晃去，从开普勒叔叔家的果园朝山下走去。远处，叔叔挥着手，望着欣妍一路下山。

小谜题：

为了了解草莓生长的规律，定期记录它成长的样子和数据，这算科学研究吗？

开普勒叔叔的果园

·科学研究的方法主要分为“实验”和“理论研究”·

“欣妍，你还不起来？你知道现在几点了吗？你要睡到什么时候？”

听见妈妈大声说话，欣妍这才睁开双眼。最近几天欣妍一直都睡得很晚，不停地被妈妈批评。按照上次开普勒叔叔教的方法，欣妍现在会定时观察并记录星星的移动，由于觉得过于神奇，每次很晚才入睡。欣妍起身揉了揉惺忪的眼睛，随便吃了几口妈妈做的早饭就去上学了。

“姐姐，你今天又起晚了？又是看完星星才睡的？”智秀对喘着气放书包的欣妍问道。

“嗯嗯！但星星真的好神奇！只要看过一次根本停不下来！”

“真的吗？那我也去看看星星？”

“好啊！我教你怎么看，放学后我们一起去看吧！”

这时坐在一旁的宇辰发出了一声嘁，自从上次为学校关闭的事吵了一架后，俩人就再也没说过话。

听见宇辰嘲讽的声音，欣妍觉得很不爽，对宇辰说道："呀！你别就在一旁哼哼唧唧的啦，有什么话想说你就直说。"

"算了算了。对你这种无忧无虑的人，说了又有什么用呢？"

宇辰郁闷地嘲讽了一番。欣妍也很生气，立马提高嗓门。

"什么？你这就说完了吗？"

"没错，我说完了。学校都要关门了，你每天还在睡懒觉？"

"那像你一样一副世界毁灭了的样子就有解决办法了吗？越是这种时候就越要吃好喝好，脑子才转得快，才能想出办法。"

"所以你考虑学校的事情了吗？你不是一直都在想星星吗？"

"那你又做了什么呢？"

面对宇辰的回击，欣妍也不甘示弱。宇辰好像也没有睡好，眼底还有黑眼圈。

“求求你们别吵了。我一直担心学校马上就要关门，哥哥和姐姐怎么还在吵架？”两人争吵一激烈，智秀就会出现。

但欣妍此时开始不停地追问宇辰：“宇辰，你可真会说话。你说我每天就知道睡觉看星星是吧？那你想出什么办法了吗？你不是学习特别厉害吗？那肯定比我聪明喽。你要是有好办法怎么不快点儿说出来啊？”

“吵死了！”

欣妍嗓门越来越大，宇辰大叫了一声。欣妍和宇辰的眼里都火冒三丈。这时上课铃声响起，老师打开门走进了教室。

“欣妍，宇辰，你们俩在干什么？不会是要打架吧？”

“啊，没有没有。”

听到老师的话，欣妍和宇辰收回目光，回到座位上。虽然已经开始上课，但教室里没有一个人表情是明亮的。老师可能心情也不太好，上课一直黑着一张脸。

到了饭点，全校学生都面对面坐在一起，但大家都不知如何是好。欣妍和宇辰相互不理睬对方，老师和学生都因为学校要关门而心烦意乱。

放学后独自回家的欣妍突然想到了开普勒叔叔的果园。看看果园里结满了苹果，和叔叔聊聊星星，心情大概会变好吧。叔叔好像有一种力量，可以让人的心变得轻松。欣妍停下回家的脚步，转向果园所在的高沙山。在阳光照耀下，苹果在几天之内好像变得更大更红了。

欣妍走近一棵最大的苹果树，看着苹果自言自语："你们没有烦恼可真好呀！温暖的阳光照着你们，挂在树枝上，又不会和其他苹果吵架，又不用担心果园会突然消失。"

就在欣妍对着苹果树自言自语时，后面传来了熟悉的声音："原来是欣妍呀！你是不是有什么烦恼呀？为什么羡慕起苹果来了啊？"

回头一看原来是开普勒叔叔。叔叔和之前一样戴着一顶大草帽，对欣妍微微一笑。

"哦？原来您记得我的名字！"

受到欢迎，欣妍的脸上浮现出笑容。

"当然了，我怎么会忘记来果园的客人呢！"

听到叔叔温暖的回答，欣妍的内心放松了不少，想要吐露心事。

“实际上我有一个烦恼。”

“什么烦恼呢？”

“我们学校就要关门了。”

“你是说位于村子下面的高沙分校吗？”

欣妍闷闷不乐地点了点头，并把这段时间发生的事情一一告诉叔叔。

“我想破脑袋，只凭我一个人还是没有办法阻止学校关门。”

叔叔一言不发，听完欣妍的话后，便坐在苹果树旁边的石头上。

“人生在世总是会遇到各种各样的困难。这时如果靠自己就可以解决问题是再好不过的了，但是世界上并不是只有一个人独自生活，遇到难题的话可以和大家一起解决。你身边没有一起解决困难的朋友吗？”

欣妍听完开普勒叔叔的话后，仔细思考了一番，又摇了摇头，想不出一个合适的朋友。

“我有一个朋友，但是他和我关系不太好，我们只要一见面就会掐架，今天我们还大吵了一架。”

欣妍说完和宇辰相关的事情，叔叔微微一笑看着欣妍，说：“你说的朋友是不是上次和你争论给星星取名方法的那个呀？”

欣妍听到这话，突然瞪大眼睛：“天哪，叔叔你怎么知道的？”

“这是我猜的，当时还有另外一个小朋友吧？宇辰看起来沉着聪明。如果是我，有那样的朋友会觉得很可靠。”

欣妍听着叔叔的话，不知所措，点了点头。

“宇辰确实很聪明，他学习成绩非常好，上次还在首尔举办的一个比赛上获奖了呢。但又有什么用呢？我们两个完全合不来。但他好像也因为学校要关门心烦意乱，今天来学校我发现他都有黑眼圈了。”

“昨天你们才知道学校要关门，怎么可能这么快就想出好方法呢？现在你们一起想办法也不算晚。”

叔叔起身摘了一个苹果递给欣妍。

“你看看，这个苹果是不是特别诱人？但苹果一天之内是不可能长这么大的。长出一颗苹果也需要付出足够的时间和努力。”

欣妍收下苹果放在手掌上，想了想又摇摇头。

“别说解决了，我们俩吵架都吵个没完。他只要一看到我就急着找碴儿。”

叔叔看了看欣妍又望了望山坡。

“我想起了之前和我一起的人。第谷·布拉赫是非常优秀的老师，但他和我的性格截然不同。我们只要一见面就会起冲突，但由于我们都有对方所需的东西，因此依然可以一起合作。”

“你们都有什么呢？”欣妍一脸好奇地问道。

“上次我说过自己喜欢研究星星对吧，第谷·布拉赫也和我一样。但是我们两人的研究方法完全不同。我是属于努力创造理论，以理论为基础进行计算和研究的学者，而老师是属于直接用肉眼观察天空的学者，我认为他是这个世界上视力最好的人，用一双慧眼每晚观察星星并做记录，而这些都是我研究需要的资料，多亏了他我才能有许多了不起的发现。”

“哇！真了不起！”

“换句话说，科学研究的方法主要分为两种，一个是

约翰内斯·开普勒

第谷·布拉赫

实验，一个是理论研究。实验指的是直接观察和测定某种现象，理论研究是指使用已经观察和测定的数据创造理论，或者从现有理论中找出错误进行修正，存在不足的地方会有擅长该部分的人去填补完善。”

叔叔说了一大段话，欣妍不知疲倦地竖起耳朵听着。开普勒叔叔走到欣妍身旁。

“就像我和第谷·布拉赫老师一样，你和宇辰也可以相互帮助。如果我没看错的话，欣妍你是属于不论做什么都充满活力、特别直爽的行动派，宇辰则是思维缜密、计划周全的性格，你们两个如果团结合作，肯定会想出好办法的。”

听完开普勒叔叔的话，欣妍不自觉地点了点头。

“哇！您是怎么做到才见一次面就能这么了解一个人的呀？没错，我就是那种如果发生什么事，管它行不行直接往前冲的人，但宇辰要考虑东考虑西，想很久才行动，所以我俩经常吵架。”

“从现在开始，认同彼此的不同，相互关心的话，你们也会成为好朋友的。”

欣妍突然起身紧紧握住拳头。

"听了您的话我现在有勇气了！我不确定自己能不能和宇辰成为好朋友，但和他在一起，我们肯定可以找到阻止学校关门的方法。但我要怎么开口呢？我每天都是和他吵架，虽然住在同一个村子里，但是我从来都没有去过宇辰家。"

"我有办法，人嘛都喜欢吃好吃的。"

话音刚落，开普勒叔叔就摘下熟透了的苹果装满整个袋子。

"你拿着这些苹果去找宇辰怎么样？你就说是我派你跑腿送苹果，试着和他搭话吧。"

欣妍收下袋子，高兴地说道："谢谢叔叔，我李欣妍是行动派，现在立马就去宇辰家。要是听我说完，宇辰还是摇头晃脑思考的话，我就狠狠地踢他屁股。"

叔叔看着欣妍一路小跑，挥了挥手。

"与其踢他的屁股，你不如给他好吃的苹果吧！苹果那么好吃，他肯定不会拒绝的！"

欣妍回过头笑着说道："好，我明白了。"

说完后欣妍一口气跑下山，她敲了敲宇辰家的门，过了一会儿宇辰打开了门。

“这是怎么回事？你居然敲我家的门，真是破天荒呢！”

欣妍真的是第一次来宇辰家。不好意思的她赶紧拿出开普勒叔叔给的苹果袋。

“这是开普勒叔叔送给你的。”

“嗯？是哪位叔叔？”

“你还记得我们之前遇到过一个外国叔叔吗？”

欣妍把事情从头到尾解释了一遍，宇辰一副恍然大悟的样子，收下袋子。

“那你该办的事情都办完了吧？拜拜！”

宇辰正打算关门，欣妍急忙抓住门，犹豫不决。

“那……那个。我有话要对你说。”

做着从来没做过的事，欣妍羞红了脸。

“你想说什么？怎么突然吞吞吐吐的。”

欣妍说不出话，一直犹犹豫豫，宇辰满脸好奇朝院子走去。秋风吹来，两个人的头发都被吹得乱七八糟。穿了一件薄衬衫的宇辰大概有点儿冷，抱紧了自己的双臂。

“你快点儿说重点吧。”

欣妍深吸了一口气，抬头看向宇辰。

“好，那我就直说吧！我们两个人一起合作阻止学校关门吧！”

“这是什么意思？我没听明白。”

欣妍把开普勒叔叔说过的话一五一十地告诉宇辰，宇辰竖起耳朵认真听着。

“所以我是属于思维缜密、计划周全的人，你是不管情况如何，最先去行动的人，我们不要再吵架而是团结一致相互合作对吧？就像开普勒叔叔和第谷·布拉赫一样。”

“嗯，没错！”

欣妍觉得心情十分舒畅，点点头。

“原来我是软件你是硬件啊！好啊，这也不错，反正我们先做自己力所能及的，还有一直和你吵架也挺累的。”

“什么？你觉得很累？”

欣妍顿时上火，宇辰赶紧摆手否认。

“不是，我是想说以后我们好好相处吧！”

小谜题：

开普勒是怎么发现行星轨道是椭圆形的？

两个对手的和解

·行星的轨道不是圆形而是椭圆·

“咦，这是怎么回事儿？”

智秀走进教室发出惊讶的声音，昨天还恨不得吃了对方的欣妍和宇辰正面对着面亲密地聊天。欣妍从座位上起身，把手搭在智秀肩膀上对她说道：“为了阻止学校关闭，李姐姐我决定和宇辰一起合作。”

“太好了！高沙村吵得最厉害的两个人终于握手言和啦！”

智秀抓着欣妍的手使劲晃着。

“等着瞧吧！我们会酷酷地解决这件事的！”

欣妍模仿电影中看过的侦探模样，智秀在一旁热烈鼓掌。

“昨天我苦思冥想了一夜，在网上找到了一篇特别厉害的新闻报道。我正要告诉宇辰，刚好你也来了，一起听听看吧！”

欣妍向宇辰和智秀传达的新闻内容大致如下：在年轻人纷纷离开只剩下老年人的村子里，由于种植土特产，吸引了一大批年轻人回来，最后走上了致富之路。

“就是这个，昨天我读到这篇新闻报道，激动地拍了一下自己的膝盖，到现在都痛呢。我想的方法就是这个，如果我们村也能聚集一批人的话，学生数量就会增加，学校的问题自然而然就能解决啦。”

欣妍说完一脸扬扬得意，宇辰十分无语地说道：“所以要怎么做呢？”

“你有没有认真听我说啊？也就是说只要我们村里人变多了，问题就迎刃而解啦。”

“对啊，我就是想问怎么样才能让人变多啊？”

“心急吃不了热豆腐，你干吗这么着急啊？现在开始想也不晚啊。”

听完欣妍的回答，宇辰一脸“我就知道会是这样”的表情，还叹了一口气。看见宇辰失望的表情，欣妍立马急着说道：“我有办法！我有！事实上我想待会儿再说出来，但看你们的表情好像都不太相信我，那我现在就告诉你们吧！我想的办法就是把咱们村开发成游乐园！咱们村因为地势比较高，风景优美，空气也特别清新嘛！如果开发成绿色环保的游乐园，肯定会吸引很多人，到时候村子也会富裕起来。”

听欣妍说完，智秀拍手称好。

“哇，姐姐真的太棒了！这真是一个好办法！这样做感觉问题可以迎刃而解！”

“这能解决啥啊！”

不同于智秀的赞成，宇辰依旧皱着眉头。

“为什么不行？按照姐姐说的，人们都拥入村子来的话，学校也会扩大规模的。”

“没错，就是这样。宇辰你为什么不认同呢？难道是嫉妒我想出了这么好的办法？”

宇辰一脸郁闷，往后挪了挪椅子。

“好吧，如果按照你说的话，我们村子成了游乐园，还因此走上富裕之路，吸引了一大批人过来。但问题是怎么打造游乐园呢？”

“这个嘛……”

看到欣妍回答不上来，宇辰大声说道：“所以我是想问如果想要成功开一个游乐园具体要做些什么。”

听到这儿，欣妍暂时思考了一会儿又开口说道：“这有什么难的，给总统写一封信不就行了。上次我在电视上看到过，如果写信说明难处，总统都会解决的，我们也照做不就行了吗？”

宇辰的脸色一阵青一阵白，说：“不是，这也算是解决办法吗？”

“为什么不行？又没有试过，你干吗对我发火？”欣妍毫不认输地喊道。

“你说话至少考虑下可能性吧！一大早就在卖关子，结果就只说了这个。”

“如果我写信建成了游乐园，你要怎么办？”

宇辰忍着不发火，舒了一口气，一脸冷静地开口发言：“我当然知道你特别努力，向你发火是我的不对，但是我觉得你现在在搞笑，完全没有实现的可能性。总统当

然会帮助遭受冤屈或者有困难的人，我们也会帮助有困难的邻居啊。但是打造游乐园和这个完全是两码事，这不是一件小事情！”

一旁听着的智秀点了点头，但欣妍不愿相信自己苦思冥想的方法是错误的。

“现在还不清楚谁对谁错，不如这样吧，我们今天放学后去找果园里的开普勒叔叔问问。叔叔之前要我们一起合作，这次肯定也会告诉我们究竟谁对谁错。”

“好啊，我们到时候就去问他。”

“开普勒叔叔是谁呀？”从欣妍还有宇辰的口里听到陌生的名字，智秀不禁问道。

欣妍把这段时间发生的事一五一十地说给智秀，听完之后智秀立马从椅子上坐起来，说：“我们现在就去找叔叔吧！”

“但我们还有课呢！”

听到欣妍和宇辰的话，智秀笑嘻嘻地坐回原位。

下课铃声一响，欣妍和伙伴们就背上书包去往开普勒叔叔的果园。上山路上，智秀和宇辰不停地询问欣妍关于开普勒叔叔的问题，每次回答欣妍都是满脸笑容。不远处就是果园的入口，这时开普勒叔叔正在整理装满苹果的箱子，叔叔看着远处的孩子们，向他们打了声招呼。

“叔叔好！今天我和朋友们一起来了！就是上次在路上见过面的宇辰和智秀！”

“叔叔好！”

欣妍介绍完，宇辰和智秀就一同向开普勒叔叔问好。

“原来是你们俩啊！我经常听欣妍提起你们，见到你们真高兴！但发生了什么事，你们一个个表情怎么都这么严肃啊？”

“叔叔，您像上次一样给我们评评理吧！”担心其他朋友抢先说出来，欣妍立刻答道。

在一旁的宇辰叹了一口气，说：“评什么理啊？我们又不是在比赛！”

“闭嘴！我现在急着呢！”

叔叔拿出苹果箱子旁边的保温杯和纸杯，分别给孩子们，倒上柚子茶。

“你们俩都别着急，先尝尝这个，再慢慢和我讲。这茶喝了心情就会变好，我慢慢听你们说。”

欣妍接过柚子茶，小口小口地喝起来。孩子们安静地喝着茶，叔叔看着山对面大片的晚霞说道：“风景真美啊！村子被青山、晴朗的天空、深红色的晚霞环绕着，在韩国像这样的地方实在是太少见了！”

叔叔话音刚落，欣妍像是在邀功似的，瞥了一眼宇

辰，说：“看吧，连叔叔也承认我们村风景特别美！只有你不赞成我伟大的计划！”

“所以我更觉得这个计划非常荒唐可笑！”宇辰看着一脸委屈的欣妍，满脸疲惫地反驳道。

“看来你们两个都有很多话要说啊！那现在说说看吧！欣妍，从你开始吧。”

开普勒叔叔话还没有说完，欣妍便滔滔不绝地讲起来。

“当时听到叔叔的话我想到了一个好主意。那就是把我们村打造成游乐园，这样的话就会吸引很多人过来，如果村里因此变富裕的话，生活在其他村子的人就会想搬到这里来住，这样的话学校就不会关门了吧？”

“不错，看得出来你有很认真地去思考，那么现在来听听宇辰的想法吧。宇辰，你为什么觉得欣妍的计划非常的荒唐可笑呢？”

宇辰呼了一口气，张口说道：“如果像欣妍说的那样，村里建成了游乐园，很多事情确实都会变好。但是谁来打造游乐园呢？钱、人哪里来呢？我问欣妍怎么打造游乐园，她回答是给总统写信。这也太不像话了吧，照这样的话，我们国家有困难的村子都直接找总统帮忙算了。我认为大概需要找投资人来打造游乐园。如果是这样的话，游乐园赚的钱都会给我们村吗？投资人肯定也会分一部分吧。而且今年一过学校就要关门了，建一个游乐园不是要好几年嘛。还有为了建游乐园我们村说不定会被拆迁，万一这样，问题就不是学校关门而是我们要离开这个地方了。”

听完宇辰的话，叔叔点了点头，智秀瞠目结舌地望着宇辰。

“哇！哥哥

真聪明！感觉好像老师！”

“确实像老师！”

一旁的欣妍噘起小嘴。

“欣妍和宇辰都很棒！听完你们两人说的话后，我觉得你们可以挽救学校。”

听到叔叔的话，欣妍的表情不太高兴。

“您是说我和宇辰两个人说得都对吗？”

“对不对并不是重点，最重要的是你们两个人都是怀着一颗真心在努力。按照欣妍的想法，如果真的建成了游乐园，村子肯定会发家致富。因为村子山清水秀，会吸

引很多人前来。但是就像宇辰说的那样，为了避免学校关闭，寻求总统的帮助建设游乐园，这就很困难啦！而且也很难找到投资方，你还不清楚他们会提出怎样的要求。所以说宇辰真的是经过深思熟虑后才说出这番话的。但如果是村里人自己想要建游乐园的话，又另当别论了。当然这肯定也会花费很长的时间，无论想法有多么美好，如果没有实现的能力，那就非常可惜，一切都是毫无意义的。”

孩子们都侧耳倾听，一副副可惜又郁闷的面孔。叔叔看着夜色渐深的天空，脑海里浮现出了许多往事。

“我以前认为太阳系中的行星都是做圆周运动的。从数学角度来看，圆形被认为是最完美的形态，所以当时的天文学家们提到行星轨道就想到圆形，我也不例外。但是我用圆来计算火星轨道时，发现第谷·布拉赫老师的数据有几个点存在微小偏差。一般人很可能会认为是老师的观测存在误差而选择无视。但我相信老师的观测数据，因为他的视力是地球上最好的。

“因此我放弃了自己之前无论如何都无法证明的想法，根据火星的观测记录开始进行新的计算。计算大概用掉了 900 张窗户那么大的纸，反复算了将近 70 次来证实结果。

之后终于发现行星的轨道不是圆形而是椭圆，之后人们也接受了这一想法。我称这一过程为‘与火星的战斗’，以此为基础，我才能创立三大定律。”

孩子们边听叔叔讲话边点头。

“叔叔，您的意思是说我的努力行为让宇辰有所领悟吗？就像是第谷·布拉赫叔叔努力观测使您有所领悟一样？”

欣妍一副恍然大悟的样子说着，在一旁的宇辰戳了一下她的腰。

“你怎么总是夸自己啊？叔叔明明是想说无论你有多好的想法，如果无法证明不被接受，就不是科学！”

瞬间，欣妍的脸蛋红得像苹果一样。

“叔叔，宇辰说得对吗？”

叔叔呵呵一笑，又开始忙碌起来，把苹果箱子放在车上。

“这个嘛，重点是你们两个有可能成为好搭档。那我就先忙着把苹果搬到仓库去了，你们也赶紧在天黑之前回村吧！”

叔叔的身影消失在果园里，宇辰和智秀看着欣妍一起大笑。甜甜的苹果香气随风飘荡。

小谜题：

什么季节太阳看起来会大一些？

拯救学校的方法

·太阳系中的行星在绕太阳运行时，既会离太阳越来越近，也会离太阳越来越远·

慵懒的周日下午，欣妍和智秀准备去平时很少去的图书馆看看。因为觉得能在书里找到解决办法，欣妍便和宇辰约在图书馆见面。

“隔壁家胜熙的妈妈和我妈妈说了，如果读市内的学校，成绩就会上去，对于学校关门这个问题，现在好像是一半赞成一半反对，有支持的家长也有反对的家长。”智秀好像十分苦恼，叹了叹气。

“这个情况怎么像选炸鸡一样啊？又不是要一半原味一半辣味。”

听到欣妍的话，智秀噗的一声笑了出来。

“只要有姐姐在，好像无论情况多糟，都会变得很有意思。都这个时候了你还可以开玩笑！”

“确实，我真的挺搞笑的！不过宇辰就不会觉得我说的好笑，真可恶！”

欣妍嘀嘀咕咕地打开了图书馆的门。宇辰已经提前到了图书馆的会谈室。宇辰看见她们，立马把正在读的书放到了桌子上面，书名是《拯救乡村分校》。

“还有这种书？”

“最近学生数量一直在减少的学校不是越来越多了嘛。这本书的作者也是学校的老师，内容实际上也是讲如何和村里人共同努力阻止学校关闭的。”

欣妍放下自己的购物袋，赶紧拿起书来看。大致翻看了后发现，虽然人们竭尽全力，书里面的学校还是关闭了。这本书只是想要说明村里人共同努力，变得越来越亲近，这一点非常有意义。

“唉，看来这本书里面也没有答案啊！”

听到欣妍叹息的口气，宇辰的脸色变得沉重起来。

“我看了不少书，感觉阻止学校关闭比想象中要难多了。”

两人的表情都逐渐凝固，气氛一片死寂，坐在二人中间的智秀从购物袋里拿出便当。

“我们先吃这个再想办法吧！”

便当里面整整齐齐地放着圆滚滚的饭团，还有苹果、橘子、葡萄等水果，看起来十分诱人。有点儿气馁的三人立马开始吃饭团，吃完后又围坐在桌子旁一起讨论阻止学校关闭的方法。

“我去网上搜了好多资料，也翻了不少书，但还是没有找到一个好办法。如果是几天前，我估计可以找出不下十种方法，但现在要考虑到各种可能性，我觉得要再好好想想！反正一定要有实现的可能性！”

听到欣妍的话，一言未发的宇辰开口说道："实际上我是看标题选了这本书，我想着也许可以从里面学到点儿什么。但是里面居然讲的是失败案例，真让人气馁。但你看这儿！"

宇辰翻开了《拯救乡村分校》里面的一页。

"这本书前面的内容好像是这个老师的反思，刚开始说学校要关门的时候，老师只是一直在想办法，然后就错过了时间和机会。因为在纠结哪一种办法最有用，结果太晚才使村里人齐心协力。看到这里，我觉得不能光想而是要落实到行动。即使你想了一百次，如果一次都不去落实的话，还不是没有任何意义。当然太过离谱的想法就比较为难了，但我觉得做了总比没做要好。"

听完欣妍还有宇辰的话，智秀笑着摇了摇头。

"我们聊得这么严肃，你为什么还笑啊？我们很好笑吗？"

欣妍掐了一下智秀的小脸蛋，智秀摸了摸自己的脸蛋说道："没有啦！我笑不是因为哥哥和姐姐，而是突然想起了一件事。"

"啥事？"宇辰一脸好奇地看着智秀。

“其实昨天我和爸爸妈妈一起开了家庭会议，讨论怎么样才能不让学校关门。”

听到“爸爸妈妈”这几个字，欣妍和宇辰眼睛一亮。两人非常好奇大人的看法。

“妈妈说村里人应该齐心协力做点儿什么，比如说写文章放在教育局的展示板上，但是爸爸不同意。其实几年前就在传高沙分校要关门了，老师们竭尽全力但还是没能阻止。”

宇辰双唇紧闭，然后开口说道：“智秀的爸爸是公务员，应该说得没错。”

“那是说我们现在做的一切都是毫无意义的吗？难道一点儿可能性都没有了吗？”欣妍低下头，有气无力地嘀咕着。

“只有等我们放弃的时候，才会没有可能性。学校现在不是还没有关闭吗？先别放弃，去做我们能做的吧！”宇辰提高嗓门望着大家说道。

“噢噢！哥哥太可靠啦！”

“没错，实在走投无路的时候我们再放弃吧！”

欣妍和智秀都握紧拳头，想要一扫失望的心情。这时背后传来了熟悉的声音。

“你们周日也待在一块儿聊天啊！”

孩子们回头一看，原来是开普勒叔叔。

“哇！叔叔你怎么在这里？”

欣妍起身问道，叔叔笑着走了进来。

“我过来是找自己想读的书。图书馆窗边的阳光非常好，我坐在那儿看书，突然听到一阵喧哗，就想过来看看发生了什么事，然后就看到了你们。我担心会妨碍到你们，就一直在门外面听。”

“您尽管进来听就好，不用在外面偷偷听。”欣妍抱怨道。

开普勒叔叔小心翼翼地回答：“对不起，在外面偷听了你们的谈话。因为上次你们发生了争吵，所以我就想听听你们平时是怎么聊天的。”

听到这儿，孩子们的表情才舒展开来。

“您觉得我们的聊天怎么样？”智秀满脸好奇地问道。

“特别有意思，我还有一个新发现。”

“什么发现？”智秀再次问道。

叔叔坐下来看着孩子们，说：“最开始我觉得如果欣妍和宇辰一起合作的话，就会组成一个非常好的团队。但是今天看来，这个团队还有一名重要人士，智秀在里面起着桥梁作用，欣妍和宇辰才能减少冲突。”

欣妍和宇辰一脸认同的表情。

“其实恰恰是有智秀在，我们俩在一个教室学习才不会有什么大问题。我和欣妍真的各方面都完全不同。”

“没错！多亏了智秀，我们才能和平相处。智秀比实

际年龄要成熟一些。”

听到意料之外的称赞，智秀的脸蛋红得像苹果一样。也许是想转变一下气氛，智秀大声喊道：“叔叔，您和我们一起开会吧！肯定会想出更多好点子的！”

宇辰也拜托叔叔：“叔叔，您也参与吧！有您在，可以听到很多好的想法，我们也更有动力！”

开普勒叔叔笑了笑，一副拿孩子们没办法的样子，说：“好吧，反正我也看完了自己想看的书，就和你们一起商量吧！不过我不确定能不能帮上忙。”

听到叔叔的话，孩子们的声音变得洪亮起来。

“从上次的讨论中我明白了一个道理，问题似乎是时间。为了让更多人聚集在村子里，不管做什么好像都要花好几年。我还想过发展土特产让村子致富，但是这也不是一两天就能完成的。”

欣妍说完后，宇辰也开口道：“但光想办法似乎情况只会越来越糟糕，我们总要开始做点儿什么。我想了想，光我们几个聚在一起好像没什么用，要是村里的大人也可以和我们一起讨论就好了。”

智秀一脸担忧地看着宇辰，说：“怎么和大人一起商量？大人会听我们说话吗？”

思绪陷入僵局，孩子们都小心翼翼地把目光转向开普勒叔叔。叔叔摸了摸自己的下巴，沉思了一会儿，拿出小册子，在上面画了一个圆形的村子，然后又在里面画上学校、大人和小孩。

“你们看。这是你们聊天时出现的重要事物。现在你们是想阻止学校关门，想和大人一块儿商量，对吧？

但你们又担心自己年纪小，大人根本就不会听你们的话是吧？”

孩子们看着图点了点头。

“但你们是不是漏掉了某个人啊？一位每天都和你们见面的大人。”

听到这儿，宇辰似乎恍然大悟，拍了拍自己的大腿，说道：“对啊！是老师！老师和我们最亲近，也最懂我们的心！如果老师说的话，村里人肯定会听取意见的。”

欣妍和智秀同时拍手叫好。

“没错！老师也正为学校要关门而伤心呢！老师肯定会帮我们的！我们不应该独自发牢骚，而是要赶快告诉老师我们的想法！”

孩子们纷纷说出自己的看法，开普勒叔叔满意地笑了笑。

“看到欣妍和宇辰想法一致，感觉几天前的争吵好像都是假的。实际上刚刚听到你们两个人的聊天，我突然想起了以前领悟到的一个定律。”

听见这句话，孩子们都十分好奇。

“嗯？是什么定律？”

“我不知道你们有没有察觉出来……刚刚欣妍和宇辰在讨论拯救学校方法的时候，两个人好像互换了一样？”

听到叔叔的话，智秀圆溜溜的眼睛转了转，立马附和：“咦？好像真的是呢！不像之前，姐姐认为这次是要认真思考，哥哥反而像欣妍姐姐一样强调要先行动？”

宇辰有些不好意思，笑着问道：“但是这和定律有什么关系呢？”

“上次我和你们讲了关于‘与火星的战斗’的故事。当时许多天文学家认为行星的运动是完美的圆周运动，但多亏了第谷·布拉赫老师的记录，我才发现所有行星是按照椭圆的轨道运行的。这项定律以我的名字命名，被称作开普勒第一定律或椭圆轨道定律。”

“哇！叔叔真了不起！您有用自己名字命名的定律！但说实话，我还是不知道这个定律是什么。”欣妍摸了摸后脑勺，直率地说出自己的想法。

叔叔微微一笑，开始解释说明：“实际上也没什么。它指行星在太阳周围是以椭圆而不是圆形的轨道运行。太阳会处于椭圆两个焦点中的其中一个的位置。这样的话，**行星在绕太阳运行时，与太阳的距离并不是固定的，而是**

有时会离太阳越来越近，有时又会离太阳越来越远。”

“啊！原来是这样！”孩子们异口同声，纷纷点头。

但宇辰仍然十分好奇，他问：“行星为什么是按照椭圆形而不是圆形轨道运行呢？”

“宇辰的求知欲真的非常强啊！世界上的一切事物都是相互作用、相互影响的，牛顿将这种作用总结为‘万有引力定律’。一颗行星除了被太阳的引力吸引，还会受到其他行星影响，当然，还有很多更复杂的原因，所以行星在绕太阳运行时轨道就会变成椭圆形的。夏天和冬天观测到的太阳大小会有所不同，这就是地球在绕太阳做椭圆形运动的证据。如果观察不同季节从西边落下的太阳，你会发现北半球冬季太阳看起来会大一些，而北半球夏季太阳看起来又会小一些。”

听到叔叔的话，欣妍哈哈大笑，看着宇辰说：“所以叔叔你的意思是说总是闷着头思考的宇辰是受到我的影响才改变的吗？”

宇辰看着欣妍，不服输地说道：“意思是一遇到问题就不知道该怎么办，不管三七二十一先行动的欣妍也受到我的影响改变了？”

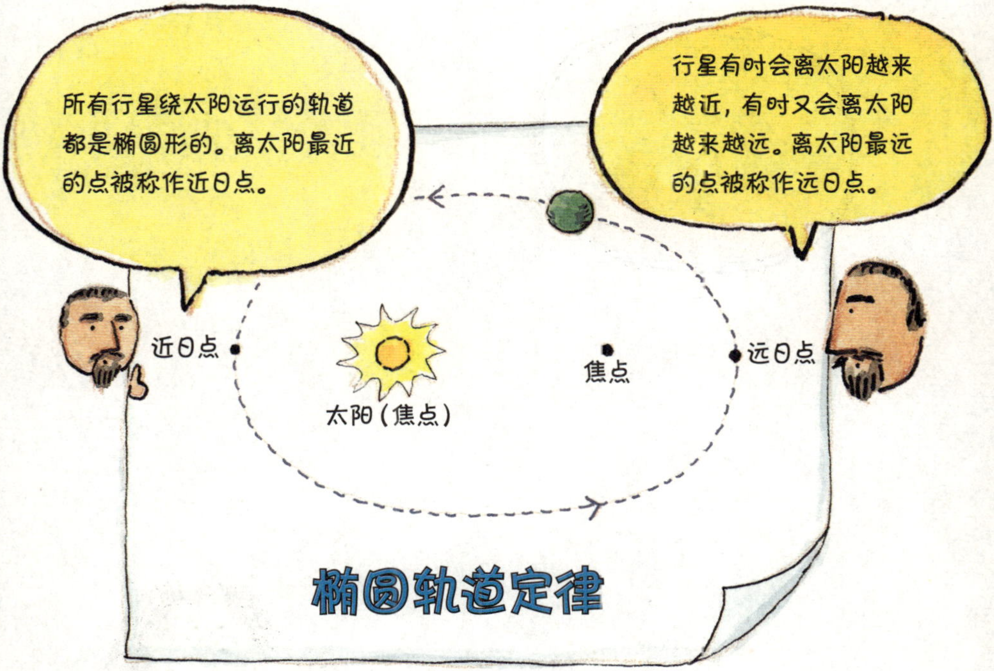

开普勒叔叔看着两人笑出了声，说道：“人活着不能只考虑自己的看法。我们都会受到他人的话还有行为的影响。在我看来，你们两个都在给对方带去好的影响。见到你们我也很好奇自己会受到什么影响。”

“不用担心！有我们在，叔叔的‘轨道’也会越来越完美的！”

欣妍竖起大拇指，大家在一片笑声中离开了会谈室。

小谜题：

地球是匀速围绕太阳转动的吗？

寻找小敏

·行星无论在何处，在相等时间内，与太阳的连线所扫过的面积都相等·

现在是午餐时间，高沙分校全校八名学生都坐在一起用餐。欣妍和宇辰让年龄小的孩子们拿好午饭坐下用餐。

“今天下课后我们就和老师说吧！”

欣妍先开口说道，宇辰和智秀点了点头。

“这好像是个好办法，待会儿我们三个人一起去吧！”

宇辰把烤肉放在身旁一年级小敏的饭勺上。

“小敏好像比我们家阿明还笨。如果给阿明添饭，他一个人也能吃得津津有味，小敏怎么连这么简单的都学不会？”

同一年级的小真自豪地用筷子把鸡蛋卷一口放进嘴里，而小敏则是笑嘻嘻地吃着宇辰给他放好的烤肉。

“小敏现在都不会正确用筷子吗？”欣妍像是说悄悄话似的，小声问宇辰。

“他经常会掉筷子。”

“但还是要让他自己学会用筷子吧？老是帮他，他还是不太会用啊。”

坐在一旁的智秀凑到欣妍耳边小声说道："如果不帮他的话，吃饭时间结束了都吃不完饭，其实他做事总比其他人要慢一拍。"

欣妍望着小敏叹了一口气，用餐时间结束了，孩子们都一起回到教室，只有智秀牵着小敏的手朝别处走去。

"智秀你去哪儿呀？我们马上就要上课了。"

"小敏刚刚吃饭的时候把汤洒到衣服上了，我帮他用水洗一下，哥哥姐姐你们先走吧！"

望着去水池的智秀，欣妍摇了摇头："小敏是不是有点儿缺陷啊？无论做啥都是慢腾腾的。上次好像还发现他

基本不认识字，还有被小真捉弄了也不生气，每天就知道傻笑。”

宇辰突然转过来弹了一下欣妍的脑门儿。欣妍吓了一跳，摸摸自己的额头：“你这是干吗啊？”

“你怎么能说他有缺陷呢？”

欣妍这才反应过来，一脸抱歉，把手从额头上放了下来。

“好吧，我承认我说话有点儿过分了。但他一个人啥都不会，总给周围人带来麻烦啊。今天你要是不帮他，估计他饭都吃不完。”

宇辰一脸郁闷地看着欣妍，说：“人怎么可能什么都做得特别好呢？有不会的地方就应该相互帮忙啊。虽然小敏上学后我总是要帮他夹饭菜，但我不嫌麻烦。”

欣妍还是不赞同，板着张脸：“你总是帮他的话，他不会有进步的。应该让他自己学会。”

“难道你从来没有得到过别人的帮助吗？你和我不是一直都在接受开普勒叔叔的帮助吗？难道你觉得我们不应该帮助别人？”

宇辰刚要走进教室，突然又停步，叹了一口气，挠了挠头，接着说："你只了解表面，可能不清楚小敏其实也在努力，只是他比同龄人要慢一些。这里是学校，就是学习的地方。学习并不是说自己做得好就行了，还要学会帮助别人。"

欣妍一脸抱歉地说道："我知道了，是我考虑得不周到。我是因为担心才这样说的。我觉得你说的话很有道理。"

宇辰有点儿意外地看着欣妍，说："你怎么这么快就承认自己的错误啦？"

"你不是说学校就是学习的地方嘛，刚刚我向你学习到了。"

欣妍推着宇辰走进教室。一会儿智秀也进了教室，很快响起了下午的上课铃声。

老师在讲课，孩子们都是左耳朵进右耳朵出，全都在想待会儿要和老师怎么说，一堂课就这样结束了。孩子们拿着书包在教导室门口探头探脑，发现里面的气氛并不寻常。小真和诗贤呜呜大哭，老师们也手忙脚乱。欣妍、宇辰、智秀好奇到底发生了什么事情，一起走进了教导室。老师们看见三个人，一副万幸的表情走了过来。

“来得正好，孩子们，可以帮帮老师吗？”

“发生什么事情了？”宇辰一脸担忧地问道。

“一年级和二年级的孩子们放学后玩捉迷藏，可是小敏却突然不见了。小真负责找藏起来的人，但是找了好久也没有发现小敏，把班里所有人都叫上还是没有找到。”

不知道小敏究竟跑到学校哪里去了，老师们的额头上都直冒冷汗。

“那我们也一起去找吧！”

“好，那你们去学校外面找找看。老师们在学校里再找找看，说不定小敏直接回家了。”

“明白了，我们马上就去找。”

三个孩子放下书包朝学校外面飞奔而去。村子四处都找遍了，但还是没有看见小敏，大家以为小敏说不定回家了，没想到家里空无一人。

“我们去超市看看吧！看样子小敏是跑到村子外面去了。”

孩子们背后全是汗，大家的眼神里充满担忧。跑到超市后，超市里的阿姨和往常一样坐在门口。

“阿姨，您看见过小敏吗？”

欣妍跑过去询问，阿姨用遮阳的扇子指着高沙山的方向。

“刚刚好像跑那边去了。不知道他有啥开心事，一路上笑眯眯的。”

“那边是叔叔家的果园！谢谢阿姨！”

孩子们赶紧弯腰致谢，然后向着高沙山飞奔而去。虽然气喘吁吁，汗流浃背，但是大家都没有停下来休息，一口气跑到了果园。大家正打算喘口气再进果园，开普勒叔叔出现了。

“你们怎么来啦？难道是因为那个小不点儿？”

“咦？叔叔，是不是梳西瓜头的小男孩？”

“嗯嗯，个子很矮，脸蛋圆乎乎的。”

孩子们急切地描述小敏的长相，开普勒叔叔把孩子们带进果园里面。

空地上放着一张凉床，小敏正躺在上面呼呼大睡。看着小敏高枕无忧的模样，欣妍和其他小伙伴的表情十分复杂。

这时叔叔用手指嘘了一声，小声地解释情况：“刚刚我忙着摘苹果，突然闯进来一个小不点儿。看到美味的苹

z

果，他馋得直流口水，我就洗了一个苹果给他吃。看来他是躺在床上吃苹果，望了好一会儿的天空睡着了。”

“他居然可以这么逍遥自在？因为他，学校都乱成了一锅粥。而且今天天特别热，我们全都汗流浃背。”

就在欣妍抱怨的时候，宇辰掏出手机给学校打了一个电话，告诉学校他们已经找到了小敏。

“老师希望我们不要乱说小敏，也不要骂他，过一会儿把他带回来就行了。感觉老师要哭了，说实在是万幸。”

宇辰挂了电话，俯视着躺在凉床上的小敏。智秀坐在凉床上一边乘凉一边说道：“真是的！因为他一个人，一切都乱作一团，他倒好，在这里安心睡大觉！不管做啥都慢腾腾的，惹起麻烦来倒是最快的。”

智秀刚一说完，小敏好像察觉到了动静，轻轻地睁开眼，伸了一个懒腰。

“哇！哥哥姐姐你们都在这里啊！好神奇啊！刚刚我梦见大家都在玩捉迷藏，现在居然在这里见面了！”

“是不是你睡觉的时候听到了我们的声音，所以才会梦到我们？”宇辰整理了一下小敏乱糟糟的头发，开口说道。

“小敏呀，你知不知道学校都乱成一锅粥啦？你玩捉迷藏的时候突然消失不见，老师们都在找你。我们也是为了找你才跑到这里的。你真的该挨骂呀！”

欣妍用责怪的语气说完，小敏的眼泪唰唰地往外流。

“小敏呀，没事的，别哭啦。欣妍姐姐也是担心你啊。”

开普勒叔叔温柔地擦了擦小敏的眼泪，拍了拍他的背。

“但你怎么突然跑到这儿了呀？”欣妍问小敏。

“嗯，我想躲在果园的苹果树林中。老师没有说要从哪里躲到哪里，所以我以为跑到这儿也没有关系。”

一直在听的宇辰开口说道：“原来是这样啊。如果没有说清范围，也有可能会像小敏这么想。”

这时小敏弯下腰穿好运动鞋站了起来，说：“叔叔，我想去上厕所。”

“也对，睡了一觉确实会想上厕所。你打开仓库旁边的门，那儿就是厕所。”

开普勒叔叔指了指后面，朝厕所走去的小敏看起来行动不是特别方便。仔细一看，原来小敏左右脚的鞋子穿反了。

欣妍一副无可奈何的表情望着小敏，宇辰也觉得有点儿受伤，叹了一口气：“叔叔，虽然我反对欣妍的说法，但是我现在也挺担心的。小敏很善良很可爱，但是他学东西的速度比别人都慢，现在都不认识字，也不会用筷子，这没问题吗？”

开普勒叔叔看着宇辰，拍了拍他的肩膀，说：“你很担心小敏吗？”

宇辰点了点头。叔叔指了指天上的太阳，说：“中国人把一年分成二十四节气，你们知道为什么吗？”

“不知道。”

开普勒叔叔突然提问，孩子们都摇了摇头。

“上次我和你们说了绕太阳运行的行星轨道是椭圆形的。地球也是太阳系中的行星，所以也是如此。椭圆形和圆形不同，由于太阳并不在轨道的中心，因此地球离太阳越来越近时，受太阳引力的影响，运行速度会变快，离太阳越来越远时，受引力影响越来越小，速度会变慢。

“但就算速度变慢了，行星与太阳之间的距离变远了，在远日点附近太阳与行星的连线扫过的面积和相等的时间在近日点附近太阳与行星连线扫过的面积也是一样的。**也就是说行星无论处于何处，在相等时间内，与太阳的连线**

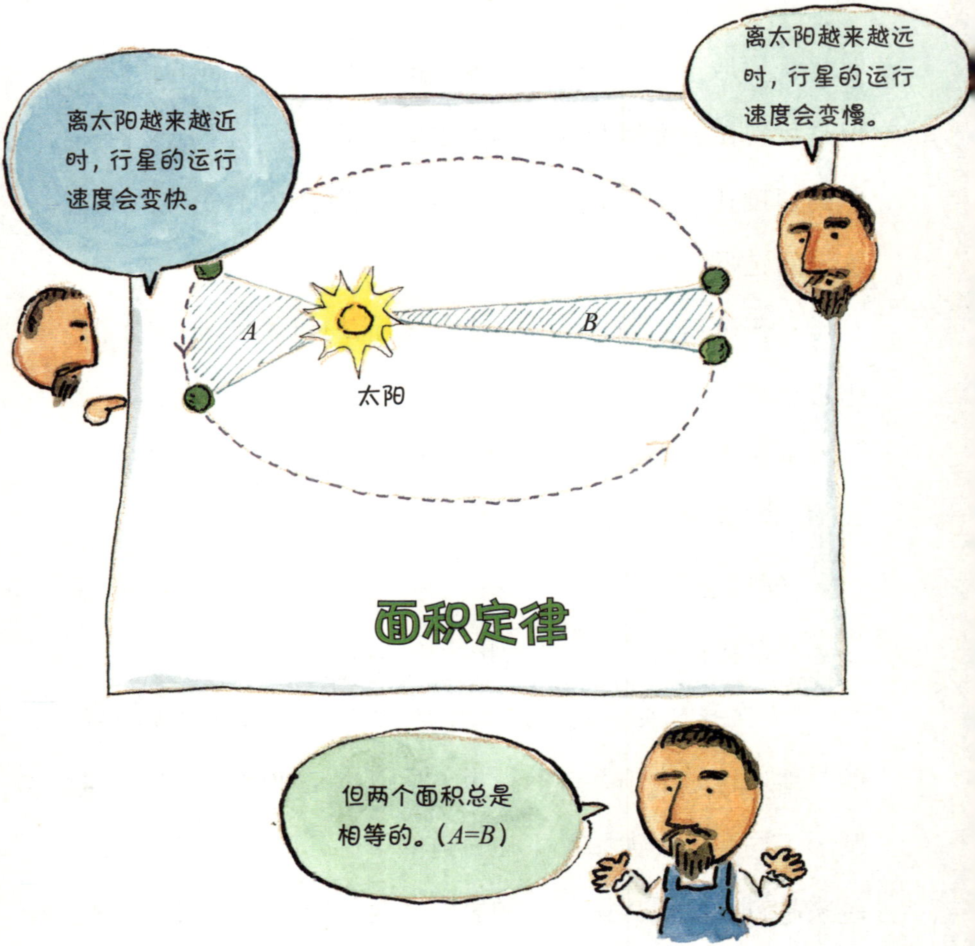

所扫过的面积都相等。这就是开普勒第二定律或称为面积定律。”

“叔叔，上次你讲的东西我还能听明白，但刚刚讲的实在是太难了，我脑子都转晕了。”

“我也是，而且不知道这和二十四节气究竟有什么关系。”

欣妍说完，宇辰也开始挠头。

“看来对你们来说，还是比较难理解。那我就解释得再简单一些。在地球北半球，地球和太阳离得最近的近日点在冬季的1月份，这时地球的公转速度是最快的。因此冬季的节气之间的间隔都较短。但是处于远日点的7月，地球公转速度是最慢的，所以节气间的间隔就会变长。人也是如此，学习的速度都不一样。如果把小敏比作行星的话就好理解了。

“小敏到了他成长的时期，估计学什么都会特别快。所以不要拿他和别人比较，把他和自己比就行了。”

正好这时小敏从厕所回来了。

“哥哥姐姐，我们一起回学校吧！”

“你这个家伙，刚刚跑出学校，现在又想回学校，就这么喜欢学校吗？”

“嗯，晚上在学校看星星的话特别美丽，上次在操场和老师一起野营的时候看星星，感觉星星们都在向我跑来。”

顿时宇辰和欣妍的眼睛亮了起来。

“没错！对啊！我怎么没想到？我们学校在山上，视野特别开阔，可以看到整片天空。”

欣妍拍手叫好，宇辰一下子把小敏举了起来。

“小敏，多亏了你，我有了一个大发现。如果把我们学校改造成可以观测星星的天体观测学校，所有人都会支持的！说不定这样我们学校就不会关闭了！”

开普勒叔叔看着眼前的欣妍和宇辰也哈哈大笑起来。

智秀在一旁欢呼："果然小敏不是个普通的孩子！小敏真棒！"

"也许因为小敏比其他人慢一拍，也比别人观察得更久，就会发现更多东西。小敏好样的！"欣妍看着小敏，高兴地竖起大拇指。

小谜题：

太阳系中的行星，围绕太阳公转一周的时长与什么有关系？

再见! 高沙分校

·行星公转周期的平方与行星轨道半长径的立方成正比·

找到学校不用关闭办法的孩子们高兴地奔向学校。天色渐晚，小敏的妈妈正在学校里等待。

“哇！妈妈！”

小敏一见到妈妈立刻抱上去。小敏妈妈看见老师和孩子们，立刻打招呼：“老师，对不起。这孩子有时候就是会捉弄人。孩子们，谢谢你们找到了小敏把他带回来，如果没有你们，估计我们还要找好久，想想真是幸运。”

“没有没有，反而是我们要感谢小敏帮我们解决了一件担心的事情。”

欣妍晃了晃手笑着说，宇辰也对小敏妈妈微笑。

“没错，小敏给了我们一个非常好的想法，希望您不要责骂他。”

“真的吗？我们家孩子没乱添麻烦，还帮了别人？如果是这样就太好了。”

小敏妈妈听了孩子们的话，一脸困惑，和大家道别后便把小敏带回家了，老师们也开始起身收拾包。

“谢谢同学们，多亏了你们，不用发动全村人就把小敏给找到了。老师请你们吃一顿大餐，有什么想吃的就说吧！”

孩子们都彼此看了一眼。

“老师，其实我们有话想要对您说。”欣妍最先开口发言。

“是吗？你们想说什么，怎么表情一个个都这么严肃？看来不是能边吃边聊的事呀，那就在这里说吧。”

正准备出门的老师又重新回到座位上，孩子们围成一圈开始讲话。

“实际上上次老师告诉我们学校要关门后，我们每天都会聚在一起讨论，我们不想要学校关门。今天我们想说一说这段时间我们思考的结果。”

智秀说完开场白，宇辰也接着发言。

“说实话，就在今天早上我们都没有想出什么好的办法，所以只想告诉老师和村里人一起齐心协力。但刚刚多亏了小敏，我们有了一个好想法。我们的村子位于地势比较高的地区，凡是来咱们村的人都会说这里的风景是韩国最美的，尤其我们学校，位置就更好了。”

老师认真听宇辰讲话，点点头说：“没错，从我们学校望向对面的山脚，可以一览无余。前面的视野特别开阔，好像是拥抱着整个天空，但这个和阻止学校关闭有什么关系呢？”

“我们想了一下，去年夏天在学校野营时，全校学生一起在学校顶楼看星星，那时候的星星像是要从天而降一样，闪闪发光。大家都觉得特别好看特别美。老师，可不可以把我们学校打造成可以观测天体的特色学校，估计没有几所学校像我们这样，说不定之后还会有城里的孩子想要转学来我们这儿呢。”

大概是因为紧张，宇辰说话的声音有点儿发抖，但还是说得一清二楚，老师听完非常感动。

“看来你们为学校真的是花费了不少心思。老师们都反对学校关门，也去了学校总部讨论，去教育局申请，但都不像你们有这么好的想法。”

听完小敏班主任的话后，欣妍的班主任也一脸自豪地摸了摸孩子们的头。

“虽然已经决定要关闭，但是你们这么努力，老师们也不会原地不动的。我们齐心协力再重新讨论吧！正好今天我们要在乡村会馆和村民一起讨论学校关闭的话题，到时候聊聊这个想法也不错。辛苦你们啦，老师为你们骄傲。”

听到老师们的表扬，孩子们一边害羞地笑一边挠头。来到操场，整个天空铺满了橙色的晚霞。清风拂过，树叶摇晃，孩子们跟着老师走进了乡村会馆。会馆里除了村长和青年会长，还有许多大人。

老师们一进来，立刻安静下来。村长和青年会长两个人争着抢话筒，最后青年会长拿到话筒开口发言。

“时隔许久，村里人能够在这么正式的场合聚在一起开会，而且我还可以打败村长夺得麦克风，实在是让人感慨啊。今天把大家聚在一起不为别的，就是为了学校关闭的问题。果然这种事情还是交给像我一样年轻的会长来说更合适，对吧？”

“年纪小一岁有什么了不起，值得到处炫耀吗？”

村长在一旁嘟囔道，青年会长只是厚脸皮地笑了笑。

“其实我们村的高沙分校历史也很悠久，自成立以来培养了很多优秀的人才，现在这所历史悠久的学校即将关闭，不得不说令人感到羞愧。虽然我身旁的村长认为把孩子们送去市里读小学对他们更好，但我不同意。我认为在这种得天独厚的自然环境下成长对孩子们来说才是最好的事情。幸好今天老师们也是抱着同样的想法来到这里，让我们有请高沙分校五年级和六年级的班主任金润秀老师出场发言。”

掌声在会馆中响起，老师接过话筒弯腰向大家问候，开口说道：“本来拿起话筒是应该和大家一起分享好消息，但很遗憾是和大家讨论这个话题。但光靠我们老师也无法解决这件事，所以想拜托大家齐心协力。不久前我们学校决定关门……”

老师详细说明了这段时期的情况，喝了一小口水继续说道：“其实直到今天，究竟该怎么办我们也没有想出什么好办法，但刚才我的学生告诉了我他们的想法，让我有所领悟：学校本身就是一个好办法。”

老师复述了一遍孩子们所讲的天体观测学校的想法，村里的大人听了眼睛都开始放光。老师话音刚落，各种意见纷至沓来。

“那我们先在社交网络平台开通我们村的账号吧，然后不断更新在学校顶楼拍的天空，也上传一些我们村的风景图。”

“联系一下毕业于高沙分校的前辈们，让他们帮帮忙，也试试看联系电视栏目吧！”

“没错！我们不是一味地让别人帮忙拯救学校，而是提出了一个解决方案，总会吸引别人的关注的。”

孩子们看到大人对自己提出的意见如此热烈地讨论，高兴得不得了，内心激动不已。最开始持反对意见的村长和几个大人现在也都宣称之后要团结在一起。始于小敏一句话的想法像滚雪球一样，慢慢集合所有人的想法，越变越大。此时乡村会馆的窗外升起了一轮明月。

之后两个月发生了一连串的事情。老师们重点准备的社交网络平台的内容更新凭着口碑让许多人知晓。每晚在学校顶楼拍摄的星星和月亮照片被登在报纸上，还有电视台过来采访，和学校有关的事也一同被报道，村里人一起阻止学校关闭的采访内容也频繁出现在网络新闻上。许多

看了采访和报道的人在教育局的公告栏上传请愿书，教育局也再次去高沙分校进行调查。

上课铃声响起，孩子们都坐在座位上。老师站在讲台上，对着孩子们竖起大拇指。

“同学们，我有两个消息要告诉你们。一个是好消息，一个是坏消息，你们想要先听哪个？”

欣妍突然举手晃了晃：“先听坏消息吧，我不想等到最后特别失望。”

智秀也附和赞同：“对，我想之后再听好消息。”

老师看着孩子们点了点头。

“那我先告诉你们坏消息吧！虽然这两个月我们付出了许多努力，但是高沙分校还得按原计划关闭。”

一瞬间像是被泼了冷水，整个教室鸦雀无声。孩子们都是一副立马就要哭出来的表情。

“我再告诉你们一个好消息。虽然很遗憾高沙分校依旧要关闭，但是高沙天体观测学校将会诞生，它是以全国学生为招生对象的天体观测学校或天文学校。虽然你们还是要去市里上学，但无论何时这里都欢迎你们来听课！前来欣赏美丽的星星与月亮！”

天体观测学校
点赞数 855个
天体观测学校
#星星#高沙分校
点赞！
○○报纸
请帮忙阻止高沙分校关闭
关闭高沙分校？
NBC
反对
关闭
高沙分校
请拯救高沙分校
关闭×
拯救高沙分校
反对关闭高沙分校
序号 题目 发起人
3765 高沙分校 喜欢星星
3764 反对关闭 张贤珠
3763 没有替代方案吗？ Human
3762 关于关闭高沙分校
反对关闭

听老师说完，孩子们这才喜笑颜开。

“难过也没有办法，能救活学校我就已经很满足了。看来以后我也要在高沙天体观测学校进行观测了。”欣妍在一旁说道，“至少我们的努力没有白费。”

孩子们没有忘记向老师表达感谢，老师眼含泪水地说道：“同学们，对不起。老师也很想守护完整的学校，但没有那么容易。对了，经营果园的开普勒先生被聘为高沙天体观测学校的首任指导老师。”

孩子们都鼓掌叫好。

下课后孩子们一起向高沙山走去，想和每当遇到困难时就会给予帮助的开普勒叔叔分享好消息。一到山顶就看见开普勒叔叔站在果园的入口，叔叔看见他们打了声招呼。孩子们立马争先恐后地奔向果园。

“叔叔，您知道消息了吗？”欣妍问道。

“你是指高沙天体观测学校吗？”开普勒叔叔笑着回答。

“虽然结果和我们想的不是一模一样，但似乎又更好。”

“是啊，你们都做得很棒！这段时间，你们、老师们还有村里其他人的努力我都知道了。”

听到叔叔的表扬，欣妍和宇辰眼中涌出了眼泪。

“叔叔，我们就算去市里上学，也绝对不会忘记在高沙分校的所有回忆！”

“我也是！绝对不会忘记！”

“没错！我小学毕业后，还有之后去读大学也不会忘记。”

宇辰说完自己不会忘记，智秀和欣妍也纷纷呼应。

看着又哭又笑的孩子们，开普勒叔叔温柔地说道：“你们的决心让我想起了最后一条定律。”

听到开普勒叔叔又要教授定律，孩子们立刻安静下来。叔叔环顾了一下周围继续说道：“以我名字命名的最后一条定律是**太阳系所有行星公转周期的平方和行星轨道半长径的立方成正比。**简单来说就是离太阳的距离越远，行星绕太阳公转的周期就越长。”

“这样解释我好像可以稍微理解。”

“比起绕半径短的学校操场转，绕半径更长的高沙村转一圈花的时间更久。这里最重要的一点是行星无论距离太阳多远，只要它在太阳系，就会受到太阳的影响，按照规律运转。你们也是如此，未来你们也会离开高沙分校和

高沙村去实现自己的梦想。但即便这样，高沙分校的记忆依旧会留存在你们心中，对你们产生影响。”

叔叔说完话后，大家都待在果园里欣赏夜晚的天空。天空宛若银河倾泻一般，布满了星星。孩子们仰望天空，看了许久，又相互看着彼此大笑。就算叔叔没有对他们说这番话，他们也永远不会忘记今天的回忆。

发现行星运动定律的开普勒是怎样的人呢？

韩国清州国家教育大学科学教育系教授 **朴相宇**

开普勒生平

一位相信数学是神的作品的虔诚少年

1571 年，开普勒出生于德国斯图加特市中心以西 30 千米的一个小城镇。父亲在城镇市场做苦工，开普勒五岁时，父亲去外国当了一名雇佣兵，然后再也没有回来。开普勒的母亲是一名医生，虽然很有能力，但因为耍小聪明以及为人古怪，经常和周围人发生口角。开普勒孩提时体弱多病，但他超常的数学才能经常给他外祖父以及周围人留下深刻的印象。童年患上天花，使他的视力衰弱，双手残疾，因此限制了他天文观察的能力。

开普勒的母亲独自抚养四个孩子，不管生活多么艰苦，她依旧给予开普勒很多的关爱。1577 年，开普勒六岁时，他被妈妈带到一处高地观看大彗星，1580 年也和妈妈一起观赏月食。因为妈妈，开普勒从小就对天文学还有数学产生了浓厚的兴趣。

开普勒在新教经营的学校开始学习。学校规定非常严格，几乎一整天都要做祷告。开普勒很聪明，但也十分固执好强，与其他同龄人相处不来，上学时几乎没有朋友，因此他常常在自己想象的世界中努力寻找神的旨意。他醉心于神学、希腊语、拉丁语、音乐和数学，并认为几何学是数学中最完美的事物，甚至认为神是通过几何学创造了这个世界。

1587年，开普勒进入蒂宾根大学学习，并在此遇见了马斯特林、穆勒等优秀学者，学习哲学、神学、数学，还有占星术。他研究托勒密体系以及如今广为人知的哥白尼学说。他沉醉于哥白尼学说，并喜欢和同学们一起讨论。大学毕业后，他在奥地利格拉茨的学校担任数学与天文学教师。

开始研究天体

开普勒在格拉茨任教期间，一直致力于研究天体。当时的学者们认为宇宙中只有六颗行星。开普勒认为太阳和行星之间具有神制定的规律，便对此进行研究，并出版了书籍《宇宙的奥秘》，在这本书中开普勒捍卫了哥白尼学说。

开普勒坚信自己是对的，并下定决心要研究到底。他给欧洲许多天文学家还有数学家赠送《宇宙的奥秘》一书，并希望他们看完后可以提出意见。伽利略就是其中一人，他回复开普勒说虽然同意哥白尼学说，但是因为没有物理证据则无法证明。还有一人是神圣罗马帝国的皇家数学家乌尔苏斯，他和第谷·布拉赫争论时引用了开普勒的书和书信。

第谷·布拉赫最初与乌尔苏斯争论时连带着开普勒也一起批判。第谷·布拉赫与开普勒通过书信往来，对月亮表面出现的现象以及哥白尼学说等众多天文学问题进行了讨论。开普勒提出的各项主张虽然十分有条理，但他在观测自然时并没有获得准确的数据，所以总感到不满足。

分析第谷·布拉赫的观测数据

第谷·布拉赫当时是丹麦的一位天文学家，30 年来他一直在观测太阳、月亮、各种行星还有其他天体。1599 年他移居布拉格，成为皇家数学家。第谷·布拉赫想把自己 30 年来观测的资料进行数学整理，但仅凭自己一人困难重重。因此开普勒被邀请到他在布拉格附近的天文台，成为他的助手。虽然开普勒和第谷·布拉赫之间存在学术上的争议，但想到这是一个证明自己想法的大好机会，开普勒决定出发前往布拉格。

1600 年 2 月，开普勒到达了位于布拉格附近的第谷·布拉赫的天文台。第谷·布拉赫安排开普勒主要分析自己的行星观测结果，以及编写反对乌尔苏斯的小册子。1601 年，第谷·布拉赫去世，他去世前曾告诉开普勒希望开普勒能专心研究自己的体系。

第谷·布拉赫去世两天之后，开普勒就被任命为继任皇家数学家，此时是 1601 年 10 月 26 日，开普勒和第谷一起度过的日子只有 1 年多。此后作为皇家数学家的 11 年是开普勒一生中最为多产的时间。

开普勒在布拉格任职皇家数学家期间，虽然获得了宗教自由、丰厚的报酬还有研究支持，但实际上由于皇室财政出现困难，开普勒很难准时拿到报酬。但开普勒一边和当时最有名的学者们进行交流，一边快速进行天文学研究。

1600 年，开普勒分析了第谷的火星观测资料，还有日食、月食以及在地球大气出现的折射现象。1603 年他开始进行光学理论研究，并出版了一本 450 页的书，讲述光经过时亮度逐渐减弱的现象，光在镜子里反射的现象，小孔成像的原理，光在人眼中发生偏折在视网膜上形成上下左右颠倒映射的现象，以及对天体的视差还有可见大小的研究。这本书中的内容成为物理学的一部分，奠定了光学的基础。

制定宇宙体系的新定律

开普勒对第谷·布拉赫的观测数据认真进行了研究。他很好奇地球和火星绕太阳实际是如何运转的，以及在地球上观察时火星为何是呈“之”字形移动。开普勒在反复计算后发现自己的结果和第谷·布拉赫观测的大部分数据都是一致的，但在火星轨道的特定几个点两人稍微有所不同。灰心的开普勒又反复计算，他得出了这样一个结论：如果不抛弃火星是绕圆形轨道公转的这一假定，则无法得出一致的计算结果。

此时开普勒更加灰心沮丧了，因为他本以为伟大的神是以圆形或者球形创造出了完美的天空。若火星不是按照圆形轨道运转的话，也就打破了是神创造了完美的天空这一信仰。开普勒带着自暴自弃的心态，利用椭圆形轨道来计算火星的观测数据，最后发现椭圆形轨道适用于第谷·布拉赫的观测数据。

椭圆形轨道有两个焦点，太阳如果位于两个焦点中的一个，绕太阳运转的行星就会以太阳为焦点沿着椭圆形轨道运行，开普勒将其称为第一定律。行星在沿轨道运转时，在相等的时间内，行星和太阳的连线扫过的面积相等。行星如果距离太阳比较远，这一区域就会又长又窄，而当行星离太阳越来越近时，这一区域就会又短又宽，开普勒称之为第二定律。

之后经过十多年的反复研究，开普勒提出了能够连接不同行星运动以及准确知道太阳系规律的定律。行星离太阳越近，移动速度就会越快，离太阳越远，移动速度就会越慢。开普勒发现所有行星公转周期的平方和轨道半长径的立方成正比，并称其为第三定律。开普勒是人类历史上首位用数学准确阐述行星运动的人。

开普勒的其他研究

开普勒利用行星定律首次可以准确预测行星的位置，虽然他是制定行星定律的首位理论天文学家，但他对观测天文学也十分感兴趣。伽利略利用望远镜发现了木星的四个卫星，知道这一消息的开普勒也研究望远镜，并发明出了比伽利略望远镜性能更好的望远镜。今天我们使用的折射式天文望远镜就是开普勒式望远镜。

开普勒曾经写过名为《梦》的世界首部科幻小说。在小说中他写道：“人们制造出能够在夜空御风而行的船舵，无惧广阔的宇宙，前去冒险，勇敢的人们向着无限的空间前行。”他还想象人们去月球旅行，在月球表面观赏在头顶缓慢旋转的地球。

开普勒在大学教授天文学，并出版了天文学相关书籍，将天文学知识介绍给大众，致力于宣传科学。因为人们在地球上无法感受到地球在自转，他努力让否定地动说的一般人能够理解地球的自转。

就这样，开普勒来到布拉格，历经 11 年成为引领天文学的顶尖科学家。他是最优秀的天文观测学家第谷·布拉赫的继承人，他利用第谷·布拉赫的观测数据，连续撰写了好几本重要著作，成为在天文学方面无人不知的人物。

除此之外，开普勒还提出通过葡萄酒桶的曲面来测定葡萄酒桶的体积这一方法，并认为行星运动的根本原因与磁力具有某种关联性。之后牛顿证实了其根本原因为“万有引力”。

1621年开普勒被再次确认为神圣罗马帝国的皇家数学家，1627年在第谷·布拉赫的观测结果基础上，开普勒完成了预测行星运动的天文表《鲁道夫星表》。1629年出版的《稀奇的1631年天象》准确预测了1631年11月7日水星凌日的现象。

当时正值欧洲哈布斯堡王朝集团与反哈布斯堡王朝集团的战争期间，开普勒两边都不支持，因此受到迫害。由于宗教原因，给他经费支持的赞助人消失不见了，所以他很难再集中进行新的研究。1630年10月8日，他在前往获取拖欠薪资的旅途中身体突发不适，后于11月15日逝世。

开普勒的众多定律在他生前并没有得到认可。伽利略还有笛卡儿这些学者都无视他的理论，天文学家也都批判开普勒用物理学来解释天文现象。

但在开普勒逝世许多年后，人们发现通过开普勒的行星定律还有他制定的天文表，可以准确预测许多行星现象。此时诞生了支持开普勒学说的团体，欧洲的天文学家也开始读开普勒的著作。之后，开普勒的书被广泛当作天文学教科书所使用，天文学家们也完全相信了行星是绕椭圆轨道运动这一事实。之后开普勒成了所有科学家都认可的伟大科学家。

开普勒做出的贡献究竟有多么伟大，单从命名这一点就可以知晓。美国国家航空航天局为了纪念开普勒对天文学做出的贡献，将一个太空望远镜命名为开普勒望远镜。欧洲还发射了名为“约翰内斯·开普勒”的货物运送宇宙飞船，新西兰的一家国家公园中还有开普勒山脉以及开普勒步道。

开普勒一生中值得学习的地方

在开普勒完成自己的天文学研究之前，当时的人们都认为行星是神存在的体现，会对人类施加影响。开普勒小时候也是这样被教育的，但开普勒总是对以下几个问题十分好奇。“火星为什么是呈‘之’字形运动？”“行星为什么只有六个？”“引起行星运动的原因究竟是什么？”

开普勒并不想与第谷·布拉赫作对以及被第谷·布拉赫嫉妒。虽然对于天文现象，他和第谷·布拉赫想法不一致，但当明白自己的研究当中没有准确的观测资料时，他毫不犹豫选择去当第谷·布拉赫的助手，最后他也充分使用了第谷·布拉赫留下来的大量观测资料。

然而开普勒也并非一直做出正确的判断。开普勒曾经认为宇宙像球和多面体一样可以被精准切割，火星的轨道是圆形。当反复研究得出的结果与观测数据并不相符

时，他十分失望，但他依旧接受了现实。比起幻想，他选择相信坚定的事实，因此他才能发现行星运动定律，做出伟大贡献。

开普勒虽然研究的是天文学，但他对整个科学研究还有世界的变化做出了更大的贡献。在开普勒研究之前，天文学家和普通民众都认为天体的运动是由神主导的。但是通过开普勒的研究，人们渐渐不再讨论神，而是开始说明天体的运动，这还为之后牛顿提出万有引力定律奠定了重要的基础。

在开普勒的成长过程中，除了聪明这一点，正确的态

度与心态更为重要。从小对宇宙的好奇心，想办法精准计算的态度，反复计算的结果与实际不符时果断纠正自己想法的态度，关系不好但为了研究依旧选择当第谷·布拉赫的助手，以及永不止息的研究热情，是这些让开普勒做出了伟大成就。希望各位小朋友们也可以带着好奇心和热情去做自己想做的事，有所成长。

【 小谜题参考答案 】

怎样给星星起名字？

现在新发现的星星大部分是以字母和数字混合命名的。

一圈是360度，地球每天自转一圈，那么每小时地球转了多少度？

15度。

为了了解草莓生长的规律，定期记录它成长的样子和数据，这算科学研究吗？

这是通过实验来进行科学研究的方法。

开普勒是怎么发现行星轨道是椭圆形的？

开普勒开始以为行星的轨道是圆形的，但是当他用第谷·布拉赫老师的数据进行测算的时候，总存在误差。因此他放弃了自己之前无论如何都无法证明的想法，根据观测记录开始进行新的计算，最终发现行星的轨道不是圆形而是椭圆的。

什么季节太阳看起来会大一些？

北半球冬季太阳看起来会大一些，而北半球夏季太阳看起来又会小一些。

地球是匀速围绕太阳转动的吗？

离太阳越来越近时，行星的运行速度会变快；离太阳越来越远时，行星的运行速度会变慢。

太阳系中的行星，围绕太阳公转一周的时长与什么有关系？

太阳系所有行星公转周期的平方和行星轨道半长径的立方成正比。简单来说就是离太阳的距离越远，行星绕太阳公转的周期就越长。